CATALOGUE

DES DIVERS OBJETS

LIVRES, TABLEAUX

GRAVURES, DESSINS
AUTOGRAPHES, PORCELAINES ET CURIOSITÉS

QUI COMPOSENT

LE CABINET DE M. ADRIEN R...

et qui seront vendus
aux enchères publiques, par le ministère de Me Rémy,
commissaire-priseur, le lundi 12 mars prochain,
à 6 heures précises du soir,
RUE LOUIS-LE-GRAND, 6 (place Bellecour), à LYON.

Il y aura chaque jour, de midi à deux heures, Exposition
des Objets qui seront vendus le soir.

On percevra le 5 p. °/₀ en sus du prix d'adjudication.

LE CATALOGUE SE DISTRIBUE A LYON

CHEZ L. BOULLIEUX, LIBRAIRE

QUAI DE L'HOPITAL, 48

Qui l'adressera franco à toutes les personnes qui en feront la demande.
(Affranchir.)

CONDITIONS DE LA VENTE ET ORDRE DES VACATIONS.

Tous les livres du présent catalogue sont présumés complets et en bon état à moins d'indication contraire; ils devront être collationnés sur place dans les 24 heures qui suivront l'adjudication; ce délai passé, ou une fois sortis de la salle où se fait la vente, ils ne seront repris pour aucune cause.

Les tableaux, dessins, gravures et objets de curiosité seront exposés les jours où ils devront être vendus, de midi à 2 heures, les cartables seront à la disposition des personnes qui désireront faire leurs choix.

1re VACATION. LUNDI 12.

Du numéro	1 à 63
—	319 à 330
—	439 à 450

2e VACATION. MARDI 13.

Du numéro	64 à 127
—	331 à 345
—	432 à 435

3e VACATION. MERCREDI 14.

Du numéro	128 à 191
—	346 à 355
—	466 à 475

4e VACATION. JEUDI 15.

Du numéro	192 à 255
—	356 à 367
—	436 à 438

5e VACATION. VENDREDI 16.

Du numéro	256 à 318
—	367 à 386
—	451 à 460

6e VACATION. SAMEDI 17.

510 autographes.

Du numéro	461 à 465
—	387 à 431
—	476 à 509

Outre les livres et objets indiqués au catalogue, il sera vendu une très-grande quantité, plus de 3,000 brochures publiées à Lyon sur toutes sortes de matières, la plupart avec *ex dono*.

M. Boullieux, libraire, quai de l'Hôpital, 43, chargé de diriger cette vente, remplira les commissions qui lui seront confiées (affranchissement réciproque).

INTRODUCTION.

La plupart des objets, composant le remarquable cabinet dont nous offrons aujourd'hui le catalogue au public, ont été rassemblés par un artiste lyonnais, collectionneur disert et éclairé, dont le souvenir est resté environné de beaucoup d'estime dans la mémoire des artistes et amateurs sérieux dont s'honore la ville de Lyon, M. A. Chatelain, qui, par une disposition testamentaire, honorable à plus d'un titre, a légué à M. Adrien R... la partie la plus importante de cette collection, à laquelle sont venus s'ajouter un certain nombre d'objets précédemment acquis par le légataire et qui peuvent figurer avec honneur dans la réunion qui nous occupe.

Composée en grande partie d'ouvrages à gravures, remarquables par la beauté de leurs épreuves, la bibliothèque compte encore un grand nombre de livres rares d'éditions primitives, nous signalerons entre autres le Lavater original, n° 112,

et le manuscrit du président de Brosses, n° 142;
si la beauté et le luxe des reliures ne répond pas
toujours à la rareté des ouvrages, nous pouvons
dire, du moins, que leur état, comme propreté
et conservation, laisse très-peu à désirer. Un certain nombre de ces ouvrages sont à l'état de
brochures avec autographes et *ex dono*, nous n'en
avons indiqué qu'un petit nombre, ceux ornés
d'autographes importants.

Les tableaux et dessins désignés, tous remarquables comme œuvres de maîtres, ont été par-
faitement montés et églomisés avec beaucoup de
goût et de patience et fort bien encadrés dans des
cadres, bois doré, sapin du nord ou palissandre;
nous tenons pour authentiques les noms qui leur
sont attribués, nous sommes en cela de l'avis de
leurs propriétaires; nous rappellerons à ce pro-
pos, que, depuis moins de trois ans que nous
avons *consenti* à nous charger de quelques ventes
publiques, bien que nous ayons vendu plus de
quinze cents tableaux des collections Laubréaux,
Commarmond, Léguiller, Bourgeois, Bosche,
Sivous, etc. etc. etc. *aucune*, MAIS AUCUNE
réclamation n'a été formulée en contradiction
avec nos assertions; en rappelant cette circon-
stance nous ne prétendons point faire l'éloge de

notre tact et de nos connaissances, le public ache-
teur seul en est appréciateur et juge; nous avons
seulement voulu rassurer les craintifs et les timo-
rés, pour qui tout tableau non signé est une œuvre
apocryphe, et nous tâchons de leur inspirer quel-
que confiance en nos affirmations.

Outre les dessins désignés, il s'en trouve une
foule d'autres d'une authenticité non moins in-
contestable, dont on n'a pas voulu, par un senti-
ment que nous trouvons exagéré, permettre la
description; on a pensé, qu'œuvres en général
d'artistes lyonnais, ils ne trouveraient faveur
qu'auprès des personnes qui pourraient les visiter
aux expositions.

Il en a été à peu près de même pour les nombreux portefeuilles de gravures, nous n'avons pu
qu'indiquer les nombres et quelques noms d'au-
teurs; cette volonté devant laquelle nous avons
dû nous incliner deviendra, nous l'espérons, une
rare bonne fortune pour les amateurs de Lyon et
des localités environnantes qui pourront venir les
visiter, mais nous doutons que ceux étrangers
ou de localités éloignées soient satisfaits de cette
décision lorsqu'ils apprendront qu'une précédente
collection formée par le même A. Chatelain, com-
pose le fond le plus précieux de la belle collection
du palais des Arts de la ville de Lyon.

Avis donc à tous nos artistes, à tous nos dessinateurs de fabrique, à tous nos amateurs, à tous nos collectionneurs de gravures et de dessins, on a réservé exclusivement pour eux une réunion d'œuvres qui ne leur sera peut-être jamais plus offerte.

Nous terminerons cette introduction en invitant les personnes auxquelles ce catalogue sera parvenu, de vouloir bien le communiquer à leurs amis et connaissances ; nous solliciterons encore les personnes qui auront à nous écrire d'être assez complaisantes pour nous donner les adresses des amateurs de leur connaissance, à qui nous pourrions adresser soit les catalogues des ventes dont nous pouvons être chargé, soit les catalogues spéciaux de notre librairie que nous publions chaque fois qu'il nous arrive d'importantes acquisitions. Nous remercions par avance tous ceux qui nous prêteront leur concours pour arriver au but que nous nous proposons : UNE GRANDE PUBLICITÉ !

L. BOULLIEUX.

Février 1860.

CATALOGUE.

ÉCRITURE SAINTE, THÉOLOGIE, LITURGIE, HISTOIRES SACRÉES.

1. Amelote. La vie de Jésus-Christ, ou l'Unité des quatre, et les quatre réduits en un. *Paris*, 1669, pet. in-8, dem. vél. tr. d. pap. lav. régl.
2. Biblia sacra. *Lugduni*. Apud Joan. Tornæsium, 1556, in-fol. bas. nombr. fig. en bois de Bern. Salomon. Exempl. avarié.
3. Bible (la) qui est toute la saincte Escriture, contenant le vieil et le nouveau Testament. *Lyon*, 1562, in-fol. mar. br. fil. dor. tr. dor. pap. lav. régl.
4. Bible (la) qui est toute la saincte Escriture : contenant le vieil et nouveau Testament. *Genève*, Séb. Honorati, M,D,LXX. in-16, parch. tr. dor. fil. dor. (sur les plats, Achilles du Plat). 6 tom. manque le tom. 5e, les Apocryphes.
5. Bible (la sainte), ancien et nouveau Testament, traduction de Le Maistre de Sacy. *Paris*, s. d. 1 vol. grand in-8°, orné de 200 gravures sur bois, 1/2 rel. mout.
6. Cantique des Cantiques (le), le Pseaume 44 et la célèbre Prophétie d'Emmanuel, franç.-latin. *La Rochelle*, 1767, in-8, cart. frontisp. gr.
7. Combat spirituel (le), trad. de l'italien. *Lyon*, 1725, pet. in-18, v.
8. Commentaires de Jean Sleidan, de l'Estát tant de la Religion que de la République, etc. plus trois livres des quatre Empires souverains. *Strasbourg*, 1558, in-8, v. rogn. Manque le titre.

9 Courte description des Ordres des femmes et filles religieuses, avec les fig. de leurs habits grav. par A. Schoonenbeek. *Amsterdam*, s. d. précéd. par les Ordres religieux d'hom. mais dont les 25 premièr. fig. et le titre manquent, in-8°, v.

10 Drexelius. Infernus damnatorum, carcer et rogus. *Col. Agrip.* 1633, in-18, v. fig.

11 Epistres familières de saint Hiérosme, divisées en trois livres, traduites du latin par Jean de Lavardain. *Paris*, 1600, in-12, v.

12 Epîtres et Evangiles des dimanches et fêtes de l'année par l'abbé A. F. James, *Paris*, s. d. in-8, br. fig.

13 Epistres de saint Paul (les). Les Epistres canoniques et l'Apocalypse. S. n. d. l. ni d. in-18, tr. dor. mar. n.

14 Essai sur la Religion des anciens Grecs, en deux part. *Genève*, 1787, in-8, dem. v. r.

15 Essai sur l'Indifférence en matière de Religion, par l'ab. de Lamennais, 2ᵉ édit. *Paris*, 1818, 2 vol. br.

16 Gambart (Adr.) La vie symbolique du bienheureux François de Sales. *Paris*, 1664, in-12, v. jol. fig. d'Alb. Flamen.

17 Hamon. Entretiens d'une âme avec Dieu, etc. *Avignon*, 1740, in-8°, cart.

18 Heures gothiques, imprimées sur vélin, texte encadré, nombr. vignettes, gr. sur bois, sous ce titre : Hore beate virginis Marie secundum usum Romanum, etc. Thielman Kerver, 1502, in-8, v. rogn. *Les bordures ainsi que les vignettes ont été maladroitement coloriées.*

19 Histoire abrégée de l'origine et de la formation de la société dite des Quakers, etc. par G. Penn. *Londres*, 1740, in-18, v. rogn. pap. bleu.

20 Histoires choisies du nouveau Testament, tirées des Paraphrases d'Erasme. *Lyon*, 1765, in-12, v.

21 Imitatione Christi (de), libri quatuor. *Parisiis*, Lemercier, 1738, in-18, veau.

22 Imitatione Christi (de), libri quatuor. *Parisiis*, typis Frederici Léonard, 1697, in-18, v. titre gravé.

23 Introduction à la vie dévote de saint François de Sales, évesque et prince de Genève. *Paris*, 1684, in-32, cart.

24 Institutio principis christiani, etc. per Erasmum Roterodamum. *Basileæ*, Froben, 1518, in-4°, v. ant. pap. lav. régl.

25 Jean Gerson, de l'imitation de Jésus-Christ, divisée en quatre livres. Edition dernière. *A Lyon*, Pierre-Jean Didier, 1609, in-18, parch. rogné (rare), quelques mouill.

26 L'abbé H. Lacordaire. Lettre sur le Saint-Siége. *Paris*, 1838, in-8°, br.

27 Le livre des Statuts et Ordonnances de l'Ordre du Benoist Sainct-Esprit. S. n. d. l. ni d. in-4, cart. tr. dor. pap. lav. régl.

28 Maximes tirées de l'Ecriture sainte et des lettres de saint Augustin, lat.-franç. *Paris*, 1737, pet. in-12, br.

29 Missale ad usum Cistercien. ordinis per quemdam ejusdem ordinis monachum studiosissime correctum. *Paris*, Ambroise Girault, 1529, in-8, dem. v. v. rogné, nombr. vignettes, grav. s. bois, goth.

30 Mœurs (les) des Israélites, par Fleury. *Bruxelles*, 1741, in-12, veau.

31 Mœurs (les) des Chrestiens, par l'ab. Fleury. *Paris*, 1712, in-12, v.

32 Morand. Histoire de la sainte Chapelle du Palais. *Paris*, 1790, in-4, fig. br.

33 Opuscules spirituels de Mme de la Mothe Guion, augm. de son rare traité des Torrents. *Cologne*, 1704, pet. in-12, v.

34 Ortelii (Abr.) Cosmographi, Deorum Dearumq. Capita, etc. *Bruxell.* 1683, in-4, dem. mar. m. non rogn. 59 médail. dans de riches encadrem. grav.

35 Petit Carême de Massillon. *Paris*, 1823, in-18, v. fil. tr. dor.

36 Premier et second avertissements des catholiques
anglois aux François catholiques, et à la noblesse
qui suit à présent le Roy de Navarre. *Lyon*, Jean
Pillehotte, libraire de la saincte Union, 1590, grand
in-12, parch. Iouxte l'exemplaire.

37 Sanctum Jesu Christi Evangelium, etc. *Parisiis*,
1556, in-18, v. rog. nombr. fig. en bois.

38 Sermons de Massillon (Petit Carême). *Paris*, les
frères Estienne, 1775, in-12, v.

39 Surlemonde (l'abbé de) Fragments extraits des Mssts
du Vatican et du Bréviaire mozarabique, etc. *Mar-
seille*, 1827, in-8, cart. n. rogn.

40 Tableau (le) de la Croix, représenté dans les céré-
monies de la Ste Messe, etc. le tout enrichi de belles
fig. *Paris*, 1651, in-8, cart. tr. dor. suivi de l'histoire de David, représentée en fig. taille-douce, par
N. Cochin père. Texte et fig. grav. bon. épr.

41 Testamenti novi, editio vulgata. *Lugduni*, 1550,
in-18, nomb. fig. en bois, dérel. dans un carton.

42 Thèmes célestes. Mss. sur papier in-4. v. (Paraphé par Voyer d'Argenson), le 11 octobre 1701.—En
regard de la 1re page : « Ce livre a été sauvé des
flammes de la Bastille, le 14 juil. 1789, etc. »

43 Thiers (J.-B.) Critique de l'Histoire des Flagellans
et Justification de l'usage des disciplines volontaires.
Paris, 1703, in-12, v.

44 Thuringia Sacra, sive historia monasteriorum, quæ
olim in Thuringia floruerunt, etc. *Francof.* 1737,
in-4°, v. nomb. fig.

45 Traité des superstitions qui regardent les Sacre-
ments, etc. par J.-B. Thiers. *Paris*, 1741, 4 vol.
in-8° br.

46 Village (le) de Valdoré ou Sagesse et Prospérité,
imité de l'Allemand, par L. P. J. *Paris*, 1820, in-12,
dem. v.

47 Zodiacus Christianus locupletatus ab Hierem.
Drexelio. *Col. Agrippinæ*, 1632, in-16, cart. jol. fig.

PHILOSOPHIE.

48 Abdérites (les), suivi de la Salamandre et de la
Statue, par Wieland, trad. par A.-G. Labaume.
Paris, 1802. in-8, br. 3 vol.

49 Aroux (L.) Dante hérétique, révolutionnaire et so-
cialiste. — Révélations d'un catholique sur le moyen-
âge. *Paris*, 1854, in-8°, broch.

50 Avantures d'Euphormion (les), histoire satyrique.
Amsterdam, 1712, in-16, v. 3 tom. en 1 vol.

51 Bachelier (le). Les Fleurs morales et épigramma-
tiques (au Dauphin). *Paris*, 1669, in-12, dem. mar.

52 Ballanche. Vision d'Hébal, épisode tiré de la ville
des Expiations. *Paris*, Didot, 1831, grand in-8, cart.
n. rogn. grandes marg. portr. et lettre autogr.

53 Caractères (les) de Théophraste et de La Bruyère,
av. des not. par M. Coste. *Paris*, Panckoucke,
1765, grand in-4, v. portr. et fig. Exempl. du cat.
Mac-Carthy.

54 Césars (les), de l'empereur Julien, traduit par
Spanheim. *Paris*, 1683, in-4, fig. v.

55 Choses (les) mémorables de Socrate, trad. de Xéno-
phon, par Charpentier. *Paris*, 1657, in-12, v.
fil. dor.

56 Condillac (de). La Logique, ou les premiers déve-
loppements de l'Art de penser. S. n. d. l. 1789,
in-8, v.

57 Comenii (J.-A.) Janua aurea reserata quatuor lin-
guarum, etc. *Lugd. Batav.* Elzevir, 1640, in-12,
dem. v. v.

58 Colloques choisis d'Erasme, lat.-franç. *Lyon*, 1768,
in-18, br.

59 Das philosophische Ehezuchtbüchlein, etc. *Stras-
burg*, 1614, pet. in-8, parch. nomb. fig. sur bois.

60 Eléments philosophiques du bon citoyen. Traicté
politique, etc. par Th. Hobbes, trad. par un de
ses amis. *Paris*, Pepingué, 1651, grand in-12,
parch.

61 Essais (les) de Michel, seigneur de Montaigne, avec
des notes par P. Coste. *Paris*, 1725, 3 vol. in-4°,
v. portr.

62 Etrennes morales et politiques aux Français. A *Vé-
ropolis*, 6971, in-8, br.

63 Histoire d'Agathon, traduction nouvelle et complète
faite sur la dernière édition des œuvres de Wieland.
Paris, 1802, in-8, br. 3 vol.

64 Homme (l') de Désir, par l'auteur des Erreurs et
de la Vérité (Saint-Martin). *Lyon*, 1790, in-8,
dem. v.

65 Lettres grecques, par le rhéteur Alciphron, ou
Anecdotes sur les mœurs et les usages de la Grèce,
etc. *Amsterdam*, 1785, in-12, br. 3 vol.

66 Le Cte de Maistre. Essai sur le principe générateur
des Constitutions politiques, etc. *Paris*, 1814, in-8,
broch. de 104 p.

67 Montesquieu. L'Esprit des Lois. *Londres*, 1787,
4 vol. pet. in-12, br.

68 Nolhac (J.-B.-M.) M. le comte Joseph de Maistre et
le Bourreau. *Lyon*, 1839, grand in-8, br.

69 Nolhac (J.-B.-M.) De la Hache sculptée au haut de
plusieurs monuments, etc. *Lyon*, 1840, gr. in-8, br.

70 Nolhac (J.-B.-M.) Des Fêtes des Anciens, et en par-
ticulier des Fêtes des Hébreux. *Lyon*, 1838, gr.
in-8, br. 2 ex.

71 Nolhac (J.-B.-M.) Démonstration de la nécessité de
maintenir le régime des étangs sur le plateau de la
Dombes. *Lyon*, 1839, gr. in-8, br.

72 Nolhac (J.-B.-M.) De l'Idolâtrie dans ses phases suc-
cessives, etc. *Lyon*, 1839, gr. in-8, br.

73 Nolhac (J.-B.-M.) Réflexions sur la punition des
grands crimes, etc. *Lyon*, 1836, gr. in-8, br.

74 Nolhac (J.-B.-M.) Deux lettres écrites d'Allemagne
sur la Musique dans les Eglises et sur les Orgues.
Lyon, 1842, gr. in-8, br.

75 Nolhac (J.-B.-M.) Lettre sur le prétendu Poisson-
Dieu. S. n. de l. ni d. gr. in-8. br.

76 Nolhac (J.-B.-M.) Deux Propositions faites à l'Académie, en 1838, dont l'une relative à Gerson. *Lyon*,
s. d. in-8, br.
77 Nolhac (J.-B.-M.) Rapport sur les titres littéraires
de M. Rossignol. *Lyon*, 1841, gr. in-8, br.
78 Nouveau (le) Paris, par le citoyen Mercier. *Paris*,
s. d. 6 tom. rel. en 2 vol. gr. in-8, v.
79 Nouvel (le) Homme, par le philosophe inconnu
(Saint-Martin). Gr. in-8, cart. Manque le titre.
80 OEuvres de Vauvenargues. OEuvres posthumes et
inédites avec notes et commentaires, par D. L.
Gilbert. *Paris*, Furne, 1857, 2 vol. in-8°, port.
brochés.
81 OEuvres complètes de P.-L. Courier. Nouvelle édition augmentée d'un grand nombre de morceaux iné-
dits, etc. par Armand Carrel. *Paris*, 1836, in-8,
dem. v. mar. 4 vol.
82 Philosophe (le) sans prétention, ou l'Homme rare,
etc. ouvrage dédié aux savants, par M.-D.-L. F.
Paris, 1775, in-8, dem. mar. vert.
83 Recherche (de la) de la Vérité, par N. Malebranche.
Paris, 1772, 4 vol. in-12, v.
84 Réflexions morales de l'empereur Marc-Antonin
Bouillon, 1788, 2 vol. in-18, v. fil.
85 Réflexions ou Sentences et Maximes morales. *Paris*,
1665, in-16, dem. v.
86 Sentences de Cicéron, Térence, Erasme, Démos-
thènes et Dialogues de L. Vivès, lat.-franç. J. Stoër,
1607, in-18 parch. Manque le titre.
87 Tableau naturel des rapports qui existent entre
Dieu, l'Homme et l'Univers, par Ph... Inc... (Saint-
Martin). *Edimbourg*, 1782, 2 vol. in-8, br.
88 Tableaux de la Vie, ou les Mœurs du 18ᵉ siècle.
Neuwied-sur-le-Rhin, 1791, 2 vol. in-18, fig. d.
mar. noir.
89 Vieillard (le) et le Jeune homme, par P.-S. Ballanche. *Paris*, Didot, 1819, in-8°, brochure de
117 pages.

90 Vie d'Epictète (la) et sa Philosophie, par Gilles Boi-
leau. *Paris*, 1667, in-12, v.

91 Vues patriotiques sur l'Education du Peuple, tant
des villes que de la campagne. *Lyon*, 1783, in-8,
cart. n. rogné.

92 Wieland. Musarion ou la Philosophie des Grâces,
poëme en 3 chants, trad. par de Laveaux. *Basle*,
1780, in-8, br. n. r. fig.

93 Dictionnaire étymologique ou Origines de la
langue française, par M. Ménage. *Paris*, 1694, in-
fol. v.

94 Les Catilinaires et le Dialogue sur les Orateurs
illustres de Cicéron, trad. par J.-L. Burnouf. *Paris*,
1827, gr. in-8, br.

95 Philippus prudens Caroli V, imp. filius, Lusitaniæ
Alg. Ind. legitimus rex demonstratus. *Antuerpiæ*, Plantin, 1639, in-fol. orné de nombreux et
magnifiques portraits. — Dans le même vol. Explication mystique des armes d'Espagne (en espagnol),
livre curieux. Rel. veau éc.

96 Radices seu Dictionnarium linguæ latinæ, etc. auct.
Petro Danetio (in usum sereniss. Delphini). *Parisiis*,
1677, gr. in-8, dem. v. (Rare).

97 Religions du monde (les) ou Démonstration de
toutes les Religions et Hérésies, par A. Ross. trad.
par La Grue. *Amsterdam*, 1768, in-4° nomb.
fig. rel. bas.

98 Tractatus de gratia divina, manuscrit du 17e siècle,
de 630 pages, pet. in-4°, rel. veau.

99 Tableaux (les) de la Pénitence, par Mess. Antoine
Godeau, évêque de Vence. *Paris*, 1662, in-4°, orné
de belles fig. de Chauveau, rel. veau phorphyre.

SCIENCES NATURELLES.

100 Aimé-Martin. Lettres à Sophie sur la Physique,
la Chimie et l'Histoire naturelle. *Paris*, 1833, in-8,
br. 2 vol. fig. en coul.

13

101 Anatomie des Plantes qui contient une description
exacte de leurs parties et de leurs usages, etc. trad.
de l'Anglois de Grew, par Levasseur. *Paris*, 1675,
in-12, v. fig.
102 Ch. Bonnet. Considérations sur les corps orga-
nisés. *Amst.* 1762, gr. in-8, v. 2 tom. en 1 vol.
103 Chiromantia : 1 Physiognomia , etc. — 2 Peria-
xiomata, etc. — 3 Canones astrologici, etc. — 4 As-
trologia naturalis, etc. — 5 Complexionum noticia,
etc. Autore Jo. Indagine. *Argentorati* , 1534, pet.
in-fol. recouv. fig. en bois.
104 Chiromance (la) royale et nouvelle : enrichie de
figures et d'exemples, etc. par le s^r Adr. Sieler,
médecin spagirique. *Lyon*, 1666, in-16, v. Quelques
mouill.
105 Contemplation de la Nature, par Ch. Bonnet.
Genève, 1770, in-12, v. 2 vol.
106 Le Comte de Gabalis ou Entretiens sur les sciences
secrètes et mystérieuses, suivant les principes des
anciens Mages ou Sages cabalistes. *Amsterdam* ,
1700, in-16, v. fig. Volume curieux.
107 Critique sincère de plusieurs écrits sur la fameuse
baguette, par André Renaud. *Lyon*, 1693, pet.
in-12, v.
108 Démonstrations élémentaires de Botanique. *Lyon*,
1796, 4 vol. in-8, dem. v. Autogr. de Gilibert.
109 Ecole (l') du Jardin potager, par l'auteur du traité
de la culture des Pêchers. *Paris*, 1752, 2 vol. in-12,
veau, frontispice grav.
110 Electricité (de l') des végétaux, etc. par Bertholon,
de Saint-Lazare. *Paris*, Didot, 1783, in-8, v. fig.
111 Encyclopédie élémentaire, par l'ab. de Petity.
Paris, 1767, in-4, v. éc. 3 v. fig. de Gravelot,
couv. fatig.
112 Essai sur la Physiognomonie, destiné à faire con-
naître l'homme et à le faire aimer, par Jean Gaspard
Lavater.
1re partie, La Haye, sans date, mar. r. fil. tr. dor.
gr. pap.

2e partie, La Haye, 1783. } dem. rel. gr. pap.
3e partie, ibid. 1786. }
4e partie, ibid. 1803. dem. rel. pl. rog. les
deux précéd. 4 vol. in-4°, autogr. de Lavat. et de L.
Aimé-Martin.

On a joint autant qu'on l'a pu à cet exemplaire les
estampes originales d'après lesquelles Lavater a fait
graver celles qui ornent son ouvrage.

113 Explication littérale de l'ouvrage des Six Jours,
par M***. *Bruxelles*, 1731, in-8, cart. n. rogné.

114. Gasparis Bauhini Basileensis Theatrum Anato-
micum. *Francofurti*, 1605, in-8, bas. fig.

115 Gemmarum et Lapidum Historia, quam olim
edidit Anselm. Boetius de Boot. *Lugd. Batav.* 1647,
in-8, v. fig.

116 Gio. Batt. Della Porta. Della Fisonomia di tutto
il corpo humano. Libri quattro. *Roma*, 1637, in-4,
cart. n. rogn. frontisp. grav.

117 Histoire des Plantes qui naissent aux environs de
Paris, avec leur usage dans la médecine, par P.
Tournefort. *Paris*, Imprim. royale, 1698, in-12,
veau.

118 Histoire du Tabac, par De Prade. *Paris*, 1677,
in-12, v.

119 Lois de la Nature, 2 part. *Nantes* et *Paris*, an XI,
in-8, br.

120 Lettres philosophiques sur l'Intelligence et la
Perfectibilité des Animaux, etc. par Ch. Geor. Le
Roy. *Paris*, 1802, in-8, br. portr.

121 Minéralogie (sur la), la Géologie et la Métallurgie
du département de l'Isère, par Em. Gueymard.
Grenoble, 1831, gr. in-8, br.

122 Malo (Ch.) Les Insectes, ou choix des plus jolis insectes de la France et des pays étrangers. *Paris*,
s. d. in-16, br. fig.

123 Obséquent (J.) Des Prodiges, trad. par G. de la
Bouthière. *Lyon*, de Tournes, 1555, in-12, cart.
fig. s. bois.

124 Petri Matthioli senensis, etc. commentarii se-
cundo aucti, in libros sex Pedacii Dioscoridis Ana-
zarbei de medicâ materiâ. *Venetiis*, 1560, in-fol.
v. gr. nombr. de fig. en bois, pap. lav. rég.

125 Remberti Dodonæi Mechliniensis medici cæsarei,
stirpium historiæ pemptades sex, sive libri XXX.
Antuerpiæ, Plantin, 1583, in-fol. bas. fig. en bois.

126 Religion (la) du Médecin, c'est-à-dire : Description
nécessaire, par Thom. Brown, etc. S. n. de l.
imprimé l'an 1668, in-18, v. couvert. fatig.

127 Rozin. Essai sur l'Etude de la Minéralogie, avec
application particulière au sol français. *Bruxel.* s.
d. in-8, br.

128 René François. Essay des Merveilles de nature et
des plus nobles artifices. *Paris*, 1632, in-8, fig.
cart.

129 Science (la) curieuse ou Traité de la Chyromance,
recueilly des plus grauues autheurs. *Paris.* 1667,
in-4°, orné de nomb. fig. rel. bas.

130 Traité des vertus médicinales de l'eau commune,
par Smith, suivi du gr. fébrifuge du dr Hancok, etc.
Paris, 1626, in-12, v.

131 Traité de Confiture, ou le nouveau et parfait
Confiturier, etc. *Paris*, 1689, pet. in-12, v.

132 Trembley. Mémoires pour servir à l'histoire d'un
genre de polypes d'eau douce. *Paris*, 1744, in-12, v.
2 vol. planch.

133 Vicat (P. R.) Histoire des Plantes vénéneuses de
la Suisse, etc. Yverdon, 1776, in-8, dem. v. fig.

134 Voyage minéralogique, philosophique et historique en Toscane, par le dr Jean Targioni Tozetti.
Paris, 1792, 2 vol. gr. in-8, br.

135 Vingt (les) livres de Constantin Cæsar, ausquelz
sont traictez les bons enseignements d'agriculture,
trad. par Antoine Pierre. *Lyon*, 1557, pet. in-18 v.
éc. fil. tr. dor.

BELLES-LETTRES, POÉSIE, ART DRAMATIQUE, ETC.

136 Amyot (J.) Projet de l'Eloquence royale, composé pour Henry III. *Versailles*, 1805, in-8, broch.

137 Anti-Lucrèce (l'). Poëme sur la Religion naturelle, par le card. de Polignac, lat. et franc. trad. par de Bougainville. *Lyon*, 1780, pet. in-8, dem. v. 2 vol.

138 Apologie des Lettres provinciales, contre la dernière réponse des PP. Jésuites. *Rouen*, 1698, in-12, v.

139 Aroux (L.) La Comédie de Dante : Enfer, Purgatoire, Paradis, trad. en vers selon la lettre et commentée selon l'esprit. *Paris*, 1857, 2 vol. in-8°, broch.

140 Beauté des Etudes et des Harmonies de la Nature de B. de Saint-Pierre; extraits par A.-M. Quibel. *Lyon*, 1829, in-12, br.

141 Blin de Sainmore. Héroïdes ou Lettres en vers. *Paris*, 1768, in-8, v. gr. fil. dor. tr. dor. fig. d'Eisen et de Gravelot.

142 Brosses (le Prés. de). Ses lettres à quelques-uns de ses amis pendant son voyage d'Italie. Msst. in-fol. de 145 pages. Il y a de nomb. variantes entre ce Msst. et l'imprimé.

143 Chansons et poésies de Désaugiers, édit. Elzév. *Paris*, 1848, in-18, dem. v.

144 Chaumière (la) indienne (suivie d'autres opuscules), par Bernardin de Saint-Pierre. *Paris*, Lefebvre, 1828, pet. in-12, br. n. rogn. jol. fig. avant la lettre.

145 Chamfort. OEuvres complètes recueillies et publiées par Auguis. *Paris*, 1824, 5 vol. in-8°, rel. veau vert, d. s. t. dent. à froid sur le plat, bel exempl.

146 Circé (la) de J.-B. Gelli, trad. franç. *Paris*, 1681, in-18, d. v.

147 Collection de petits classiques français, imprim.
à 500 exempl. aux frais et par les soins de Ch. Nodier. *Paris*, Didot, 1825, in-18, 7 vol. br.

148 Comédies (les) de Térence, traduction et remarques de Mme Dacier. *Amst.* 1724, pet. in-8, 3 vol.
v. fig. grav. par B. Picart.

149 Coutant Dorville. Les Fastes de la Grande-Bre-
tagne. *Paris*, 1769, in-12, dem. v. 2 vol.

150 Contes et Fables indiennes de Bidpaï et de Lok-
man, trad. par Galland et Cardonne. *Paris*, 1778,
gr. in-12, v. 3 vol.

151 Dante Alighieri, la divine comédie, traduite par
le chevalier Artaud de Montor. *Paris*, 1845, in-12,
broch.

152 Déclamation (la) théâtrale. Poëme didactique en 3
chants (Dorat). *Paris*, 1766, in-8, dem. v. v. fig.
d'Eisen.

153 Déclamation (la) théâtrale. Poëme didactique,
suivi de Phrosine et Mélidore. *Paris*, 1766, gr. in-8°
v. éc. fig. d'Eisen.

154 Delavigne (C.) Cinq Messéniennes. *Paris*, 1820,
in-8, br. de 64 pages.

155 Diamant (le), souvenirs de littérature contempo-
raine, orné de 16 gravures angl. *Paris*, Janet, s. d.
in-8, br.

156 Engel. Idées sur le Geste et l'Action théâtrales,
suivies d'une lettre du même auteur, sur la Peinture musicale, trad. de l'allem. *Paris*, an 3, gr.
in-8, br. fig. autogr.

157 Epistres (les) dorées et Discours salutaires de
don Antoine de Guévare, trad. par de Guterry.
Paris, 1563, in-8, parch. Quelques piq.

158 Fables de Boisard, ancien secrétaire de Louis XVIII,
S. l. (*Caen*, 1777) 2 vol. in-8°, ornées de nomb.
fig. d'après Monnet, rel. bas.

159 Fables de La Fontaine, avec un nouveau commentaire littéraire et grammatical, par Ch. Nodier.
Paris, 1828, gr. in-8, v. jaspé, fil. 2 vol. fig.

160 Fables nouvelles et autres Poésies de M. de
La Fontaine. *Paris*, 1671, in-8, cart. fig. de
Chauveau.

161 Gœthe. Hermann et Dorothée. Poëme en 9
chants, trad. par Bitaubé. *Paris*, 1800, pet.
in-12, br.

162 Grâces (les). Poëmes et discours. *Paris*, 1769,
in-8°, grand papier, orné de belles fig. d'après
Boucher et Moreau, rel. veau écaille.

163 Henriade (la), en 10 chants. *Genève*, 1790,
in-16, br.

164 Horace. OEuvres complètes, traduites en français
par Charles Batteux, éd. aug. d'un commentaire
par Achaintre. *Paris*. Dalibon, 1821, 3 vol. in-8°,
1/2 mout. mar. bleu.

165 Hugo (V.) Les Feuilles d'Automne. Les Chants du
Crépuscule. *Paris*, 1858, pet. in-8°, br.

166 Jérusalem (la) délivrée, de T. Tasso, trad. de
l'italien par Mazuy. *Paris*, 1838, in-8°, orné de
jolies fig. sur bois, rel. toile, doré sur tranche.

167 Joan. Vincartii, sacrarum Heroïdum epistolæ.
Tornaci, 1640, in-18, parch. fig. gr. par Rucholle.
Ex. fatig.

168 Jérusalem délivrée, nouvelle édition augmentée
de la Vie du Tasse. *Paris*, 1810, in-12, dos et coins
mar. v. 2 vol. fig.

169 Lamartine (A. de). OEuvres poétiques, Harmonies
et Méditations. *Paris*, 1832, 4 vol. in-8°, 1/2 mout.

170 Lamentations de Jérémie. Odes, par M. d'Arnaud.
Paris, 1769, in-8, br. front.

171 Lettres de Pline le jeune, trad. par de Sacy. *Rotterdam*, 1707, pet. in-12, v. 2 vol. d'édit. différentes.

172 Le Mérite des Femmes, par Ch. [Malo. *Paris*, Janet,
s. date, pet. in-18, br. jol. fig.

173 Les Mille et une Nuits, contes arabes, traduits par
Galland. *Lille*, 1781, 8 vol. in-12 br.

174 Mongis (J.-A.) procureur général à Dijon. La
Divine Comédie de Dante Alighieri, trad. en vers
français. *Paris et Dijon*, 1857, in-8°, br.

175 Narcisse dans l'isle de Vénus, poëme en 4
chants, suivi des tableaux. *Paris*, s. d. in-8, v. fil.
dor. jol. fig.

176 Orlando Furioso, di M. Ludovico Ariosto. *In
Vinegia*, appresso G. Giolito, 1546, in-4°, cart.
fig. s. bois.

177 OEuvres de Bernardin de Saint-Pierre. Etudes de
la Nature. *Paris*, 1818, in-8, br. fig. 4 vol.

178 OEuvres de S. Gessner, trad. de l'allem. par
Huber. *Zurich*, Orel. Gessner, 1768, 2 vol. in-12,
dem. mar. rouge, fig. grav. par S. Gessner.

179 OEuvres de Mathur. Regnier. *Londres*, 1746, gr.
in-16, v. 2 vol.

180 OEuvres complètes de Béranger, contenant les 10
chansons nouvelles, édit. Elzévir. *Paris*, Perrotin,
1856, in-18, br.

181 OEuvres de Vergier. *Londres*, 1780, in-18, 3 vol.
v. portr.

182 OEuvres (les nouvelles) de Monsieur Le Pays. *Paris*,
Ch. de Sercy, 1672, in-12, v. 2 tom. en 1 vol.

183 Poëmata Pythagoræ et Phocylidis, cum duplici
interpretatione Viti Amerpachii. *Basilæ*, 1554, pet.
in-8°, veau.

184 Poésies de Clotilde de Surville, poëte franç. du
15ᵉ siècle, nouv. édit. publiée par. C. Vander-
bourg.

185 — Inédites de Cl. de Surville, publ. par de
Roujoux et Ch. Nodier. *Paris*, 1827, in-32, 2 vol.
br. fig.

186 Poésies (les) de Gombauld. *Paris*, Aug. Courbé,
1646, in-4°, parch. Une piqûre traverse la marge
d'en bas.

187 Poésies de Léonard. *Paris*, 1826, in-18, v. vert.
fil. dor.

188 Poésies par Madame Amable Tastu. *Paris*, 1826,
gr. in-8, br. texte encadré, beau papier, paraphé
par Am. Tastu. Quelques feuilles rogn. dans la
marge d'en haut.

189 Publii Virgilii Maronis Bucolica, Georgica et
Æneis. *Birminghamiœ*, Joh. Baskerville, 1766, in-8,
fig. rel. veau écaille, filet tranche d'or.
190 Poésies de M. Haller, trad. de l'Allemand. *Berne*,
1775, in-8, v. fil. dor. fig.
191 Pléiade (la). Légendes, Poëmes, Nouvelles, Fa-
bliaux. *Paris*, Curmer, 1842, in-8, br. fig.
192 Récréations littéraires, ou anecdotes et remarques sur différents sujets, recueillies par M. C. R.
(Cizeron Rival). *Lyon*, 1766. in-8°, br.
193 Recueil de Noëls anciens au patois de Besançon,
par F. Gauthier. *Besançon*, 1804, pet. in-12, v.
194 Renouard (N.) XV discours sur les Métamorphoses
d'Ovide. *Paris*, L'Angelier, 1618, in-fol. fleur.
grav. dérel.
195 Richard-Castel. Les Plantes, poëme. *Paris*, 1802,
in-12, v. jasp. fil. dor. fig.
196 Saisons (les), poëme, par saint Lambert, suivi de
Ziméo, des pièces fugitives et des fables orientales
du même. *Amsterdam*, 1771, in-8, orné de belles
fig. d'après Leprince et Saint-Aubin, 1/2 bas.
197 Sens (les), poëme en six chants. *Londres*, 1766,
gr. in-8, fig. d'Eisen et de Wille, v. éc. fatig.
198 Shakspeare (William). OEuvres complètes, traduites par Benjamin Laroche. *Paris*, 1856, 2 vol.
gr. in-8°, illustrées, rel. en 1/2 mout.
199 Tristibus Franciæ, libri quatuor ex bib. Lug.
codice nunc primum in lucem editi. L. Cailhava.
Lyon, Perrin, 1830, in-4°, papier fort, fig. 1/2 mar.
199 *bis* Scribe (Eugène). OEuvres complètes. *Paris*,
1856, 17 vol. gr. in-8°, ornés de près de 200 gravures, rel. en 8 vol. 1/2 mout.
200 Tibulle. Ses élégies, traduites par Mirabeau.
Paris, 1798, 3 vol. in-8°, ornés de 14 gravures,
d'après Boreau, Eluin, etc. etc. rel. veau porphyre,
dent. s. p.
201 Titi Lucretii Cari de Rerum natura. *Lutet. Pa-
risior*, Coustelier, 1744, in-8, parch. fig. d'apr.
Miéris.

202 Topffer. Nouvelles genevoises. *Paris*, Charpentier, 1848, in-8, br.

203 Traité de la Poésie française, par le P. Mourgues. *Paris*, 1729, in-8, v.

204 Tragédies, Comédies et Drames de 1750 à 1810. 28 pièces gr. in-8°, br.

205 Traduction en prose de Catulle, Tibulle et Gallus, par l'aut. des Soirées helvétiennes. *Amsterdam*, 1771, in-8, v. éc. fil. d. tr. d. 2 vol.

206 Virgile. OEuvres, traduites en français par l'abbé Desfontaines. *Paris*, 1754, 4 vol. in-8°, ornées des belles fig. de Cochin, rel. veau fauve, fil. s. plat, dor. sur tr. Bel exemplaire.

207 Vingt-quatre (les) livres de l'Iliade d'Homère, prince des poëtes grecs, trad. en vers franç. par Hug. Salel et Amadis Jamin. *Paris*, Breyer, 1580, in-12, parch. pap. régl.

ROMANS, FACÉTIES, ETC.

208 Amours (les) pastorales de Daphnis et de Chloé, escrites par Longus, translatées par Amyot. *Versailles*, 1784, pet. in-18, orné des fig. dites du Régent, de celle des petits pieds, rel. bas. fil.

209 Ane promeneur (l') ou Critès promené par son âne (par Gorsas). *Paris*, 1786, in-8°, bas.

210 Aneries révolutionnaires ou Recueil de balourdisiana, bêtisiana, etc. *Paris*, an X, in-32, fig. br.

211 Art de désopiler la rate (l'), sive de modo C. prudentér, etc. *A Gallipoli de Calabre*, l'an des folies 175884, pet. in-12, v. fil. dor.

212 Aventures burlesques de Dassoucy. Biblioth. gauloise. *Paris*, A. Delahays, 1858, rel. percal.

213 Avantures du baron de Fœneste (les), comprinses en 4 parties. *Au Dézert*, 1630, in-8, parch.

214 Bigarrures et Touches du seigneur des Accords (les) avec les Apophthegmes du sieur Gaulard et les Es-

craignes dijonnoises. *Rouen*, 1648, in-8, rogn.
dem. v.

215 Cent Nouvelles Nouvelles (les), dites les Cent
Nouvelles du roi Louis XI. Biblioth. gaul. *Paris*,
A. Delahays, 1858, rel. percal.

215 *bis* Caprices de l'Oisiveté et de l'Amour (les).
Paris, 1665, in-12, v. tr. dor. armes sur le plat.

216 Chef-d'œuvre d'un inconnu (le) *sic*, par le D^r
Ch. Matanasius. *La Haye*, 1714, in-12, v.

217 Comic almanack (le), keepsake comique pour
1842, avec 12 eaux fortes, par Trimolet. *Paris*,
Aubert, in-12, cart. tr. dor.

218 Facétieuses Nuits de Straparole, etc. (les). Biblioth. elzévirienne. *Paris*, P. Jannet, 1857, 2 vol.
rel. percal.

219 Fond du Sac (le) ou Restant des Babioles de
M. X*** (Nougaret), membre éveillé de l'Académie
des Dormans. *Venise*, Pantalon-Phébus, 1780, in-18,
br. 2 vol. fig.

220 Gueux (le) ou la vie de Guzman d'Alfarache,
image de la vie humaine, divis. en 3 livr. trad. de
l'espag. par Chapelain. *Lyon*, S. Rigaud, 1639,
in-8, parch. 1 vol.

221 Histoire de Gil-Blas de Santillane, par Le Sage,
avec des notes historiques et littéraires, par F. de
Neufchâteau. *Paris*, 1820, in-8°, dem. mar. r. non
r. 3 vol. fig.

222 Histoire œthiopique, de Heliodorus, etc. *Lyon*,
1575, in-18, recouv.

223 Heptaméron françois, ou les Nouvelles de Marguerite, reine de Navarre. *Berne*, 1780 et 1781, 3 vol.
in-8, v. éc. fil. vign. fleurons et vig. de Freu-
denberg.

224 Heptaméron (l') des Nouvelles de Marguerite d'An-
goulême, nouv. édit. publiée par P.-L. Jacob. *Paris*,
Delahays, 1858, rel. percal.

225 Histoire amoureuse de Pierre Lelong et de sa très-
honorée dame Blanche Bazu. *Londres*, 1768, in-8,
cart. non rog. fig.

226 Histoire comique des Etats et Empires de la Lune et du Soleil, par Cyrano de Bergerac. Biblioth. gaul. *Paris*, A. Delahays, 1858, rel. percal.

227 Homme de cour (l'), trad. de l'espagnol, de Balt. Gracian, par Amelot de la Houssaie. *La Haye*, 1685, pet. in-12, v.

228 Joannis Caramuelis, Primus Calamus secundam partem Metametricæ exhibens. (Il n'y a jam. eu de titre) in-fol. v. couvert. fatiguée. Curieux ouvrage.

229 Menagiana. *Paris*, 1693, in-12, v.

230 Mme Du Noyer. Lettres historiques et galantes. *Paris*, 1790, in-12, br. 12 vol.

231 Mille et un Jours (les), contes persans, turcs et chinois, par Petis de Lacroix, Caylus, Cardonne, etc. etc. *Paris*, 1844, gr. in-8°, orné de belles fig. rel. toile, d. s. t.

232 OEuvres comiques, galantes et littéraires de Cyrano de Bergerac. Biblioth. gaul. 1 vol. in-18. *Paris*, A. Delahays, 1858, rel. percal.

233 Ovide amoureux ou l'Ecole des Amans. *La Haye*, 1698, in-18, dem. v.

234 OEuvres de Tabarin (les), avec les adventures du capitaine Rodomont, la farce des bossus et autres pièces tabariniques. *Paris*, 1858, in-12, br. Chef-d'œuvre typographique.

235 OEuvres poissardes de Vadé, suivies de celles de l'Ecluse. *Paris*, Didot, 1796, in-fol. gardes mar. cart. fig. en coul. Un des 100 ex. sur gr. papier.

236 Petit Pierre (le) ou Avantures de Rodolphe de Westerbourg, trad. de l'allemand, de Spiels. *Paris*, 1795, pet. in-16, dem. v. 2 vol. fig.

237 Perroniana, sive Excerpta, etc. *Hugæ Comitum*, 1669, in-12, v.

238 Scaligerana. Editio altera, etc. *Colon. Agrippin.* 1667, in-12, v.

239 Rousseau (J.-J.) Emile ou de l'Education. *Londres*, 1780, in-18, v. fauv. fil. dor. tr. dor. fig. de Moreau, 4 vol.

240 Romans illustrés, publication moderne, pet. in-fol.
dem. mar. v. 3 vol.
241 Sevigniana, ou Recueil de pensées ingénieuses,
etc. *Grignan* et *Paris*, 1768, in-12 dem. v.
242 Volsidor et Zulménie, conte. *Amsterdam*, 1776,
in-8°, v.
243 Verdizzotti. Cento Favole Morali, etc. *Venise*,
Ziletti, 1577, in-4, parch. nombr. fig. en bois.
244 Vraie histoire comique de Francion (la). Biblioth. gaul. *Paris*, A. Delahays, 1858, 1 vol. rel.
percal.

HISTOIRE, GÉOGRAPHIE, VOYAGES, ETC.

245 Abrégé chronologique des grands Fiefs de la couronne de France, avec la chronologie des Princes
et Seigneurs, etc. *Paris*, 1759, in-8, v. éc.
246 Abrégé de l'histoire de ce siècle de fer, par J.-N.
de Parival. *Bruxel.* 1661, in-18, v. 3 vol.
247 An illustrated record of important events in the
annals of Europe, comprising a series of views of the
principal places, battle, etc. etc. — The cam-
paign. of Waterloo, illustrated, etc. 2 ouvrages anglais, brochés en 1 vol. ornés de 32 cartes, vues et
gravures, dont un grand nombre tirées en couleurs
in-fol. broch.
248 Année françoise (l') ou Vie des Hommes qui ont
honoré la France, etc. par Manuel. *Paris*, 1789,
in-12, br. 4 vol.
249 Atlas classique de la Géographie ancienne, du
moyen-âge et moderne, etc. par Monin. *Lyon*, 1837,
in-fol. (écorné).
250 Bibliographie instructive, etc. par Franç. de Los-
Rios. *Avignon* et *Lyon*, 1777, gr. in-8, br.
251 Barante (de) Histoire des ducs de Bourgogne de
la maison de Valois. *Paris*, 1859, 8 vol. in-12,
broch.

252 Boissel (T. C. G.) Voyage et navigation sur une partie du Rhône réputée non navigable. *Paris*, an III, in-4°, orné d'un grand nombre d'eaux-fortes, rel. bas. dent.

253 Bourdier de la Tour. Tablettes historiques. S. n. d. l. 1758, in-18, v. v. fil. dor. tr. dor.

254 Cassas. Voyage pittoresque de l'Istrie et de la Dalmatie, rédigé par Joseph Lavallée. *Paris*, 1802, 1 vol. in-fol. orné de 68 planches, br.

255 Choiseul-Gouffier (le comte de). Voyage pittoresque dans l'Empire Ottoman, en Grèce, dans la Troade, les îles de l'Archipel et sur les côtes de l'Asie-Mineure. *Paris*, 1842, 4 vol. in-8° et 2 atlas, in-fol. de plus de 250 gravures ou cartes, bel exemp. broché.

256 Choisy (l'abbé de). Mémoires pour servir à l'Histoire de Louis XIV. *Utrecht*, 1727, in-12, v. 3 tom. en 4 vol.

257 Chronologiste (le). Manuel dans lequel on trouve les principales époques de l'histoire de chaque peuple, etc. *Paris*, 1770, in-18, v.

258 Comines (Mémoires de Ph. de), pub. par Godefroy. *Bruxelles*, 1723, 5 vol. pet. in-8°, fig. v.

259 Curiosités bibliographiques, par L. Lalanne. *Paris*, 1857, in-12, br.

260 Curiosités des traditions, des mœurs et des légendes, par Lalanne. *Paris*, 1847, in-12, br.

261 Deirieu (André). Le Rhin, légendes et traditions, etc. 1 vol. in-12, fig. sur bois, 1/2 mar.

262 Delandine. Histoire abrégée de l'Imprimerie. *Paris*, s. d. in-8, dem. v.

263 Description exacte de tout ce qui s'est passé dans les guerres, entre le roy d'Angleterre, le roy de France, les Etats des Provinces-Unies, etc. depuis l'an 1664, jusqu'à l'an 1667. *Amsterdam*, 1668, gr. in-8°. parch. fig.

264 Dictionnaire bibliographique, historique et critique des livres rares, précieux, singuliers, etc. *Paris*, Cailleau, 1791, 3 vol. in-8°, v. et le supplément, br.

265 Dictionnaire historique des mœurs, usages et
coutumes des Français. *Paris*, 1767, 3 vol. pet.
in-8, v.

266 Egypte (l') au XIXe siècle. Histoire de Méhémet-
Ali, Ibrahim-Pacha, Soliman-Pacha (colonel Sève),
par E. Gouin. *Paris*, 1847, gr. in-8°, orné de fig.
coloriées, rel. 1/2 mout. mar.

267 Eloge de Ch. Bonnet. *Lausanne*, 1794, in-8, v.
fil. dor. front. grav.

268 Etoile (P. de l'). Journal du règne de Henri IV,
avec le supplément. S. n. de l. 1732 et 1736, in-12,
3 vol. v. fauv.

269 Florian. Précis historique sur les Maures d'Espagne. S. n. d. l. ni d. in-18, mar. r. fil. dor. tr. dor.

270 Gonon. Séjours de Charles VIII et Loys XII à
Lyon-sur-le-Rosne. *Lyon*, 1841, br. n. rogn. fig.
Tiré à 100 ex.

271 Gorgeu (Mich.) Remarques sur les souverains
Pontifes, etc. avec leurs armes blasonnées, en taille
douce, au sujet de la prophétie de saint Malachie.
Paris, 1659, in-4, parch. fig.

272 Histoire des Cordonniers et des Artisans dont la
profession se rattache à la cordonnerie; précédée de
l'histoire de la Chaussure depuis les temps les plus
reculés jusqu'à nos jours, par P. Lacroix et Al.
Duchesne. *Paris*, 1852, gr. in-8°, orné de gravures
sur bois et de lithochromies, br.

273 Histoire du Parlement de Paris. S. n. de lieu,
1775. gr. in-8, br.

274 Histoire du cardinal de Mazarin, par Aubery.
Paris, Denys Thierry, 1688, 2 vol. in-8, v.

275 Histoire de Marie Stuart, par M. Mignet, deuxième
édition. *Paris*, 1852, in-8°, br. 2 vol. portr. (comme
neuf).

276 Histoire littéraire du moyen-âge. *Paris*, 1789,
in-8, br.

277 Histoire de l'Imprimerie, des arts et des profes-
sions qui se rattachent à la typographie, par Paul
Lacroix, E. Fournier et F. Seré. *Paris*, 1852, gr.

in-8°, illustré de nomb. gravures sur bois et polychromes, br.

278 Histoire du ministère d'Armand-Jean du Plessis
cardinal duc de Richelieu. *Paris*, 1650, 2 vol. in-
18, v.

279 Histoire des Modes françaises, ou Révolutions du
costume en France. *Amst.* 1773, gr. in-12, v.

280 Histoire de l'Orfévrerie-Joaillerie, et des anciennes
communautés et confréries d'orfèvres-joailliers, par
P. Lacroix et F. Seré. *Paris*, 1850, gr. in-8°, nomb.
fig. sur bois et polychromes.

281 Histoire de Mme Henriette d'Angleterre, etc. Par
la comtesse de Lafayette. *Amsterd.* 1720, in-12, v.
éc. fil. dor. tr. dor. Armes sur le plat.

282 Inventaire de l'Histoire journalière, contenant par
ans, mois et jours l'eslite des choses, etc. Par T. G. P.
Paris, 1599, in-8, cart.

283 Journal de France. — Courrier universel. —
Gazette générale de l'Europe. — 1795, dans un
carton.

284 Lettres de M. de Muralt, sur les mœurs et le ca-
ractère des Français. *Metz*, an VIII, in-18 br.

285 Lettre d'une Femme du XIVe siècle, trad. de
l'Allemand. *Amsterdam*, 1788, in-18, v. éc. fil.
dor. fig.

286 Mémoires de Benvenuto Cellini, écrits par lui-
même et trad. par L. Leclanché. *Paris*, s. d. in-8,
broch.

287 Mémoires du comte de Brienne, ministre et premier
secrétaire d'Etat, etc. etc. *Amsterdam*, 1720, 2 vol.
in-12, v. piq. au 2e vol.

288 Mémoires historiques et politiques sur la République de Venise, par Léopold Curti. *Paris*, 1801,
in-8, br. 2 vol.

289 Mémoires du cardinal de Retz, contenant ce qui
s'est passé de plus mémorable en France pendant
les premières années du règne de Louis XIV. *Amsterdam*, 1718, 5 tom. en 2 vol. in-8°, v.

290 Mémoires de M. L. C. D. R. (le comte de Rochefort),
contenant ce qui s'est passé sous le ministère des
cardinaux Richelieu et Mazarin. *La Haye*, 1691,
in-8, v.

291 Melling. Voyage dans les Pyrénées françaises,
1 vol. gr. in-fol. orné de 72 magnifiques gravures,
par Piringer, dans un cartable en livraisons, exemplaire de souscription, très-belles épreuves.

291 *bis*. Mémoire présenté par la ville de Lyon pour
l'obtention des lettres-patentes de 1772, relatif à
une augmentation de taxes qui lui permette de
solder ses dettes et ses dépenses ; curieux manuscrit,
in-fol. rel. bas.

292 Morellet (l'abbé) Mémoires sur le XVIIIe siècle et
sur la Révolution. *Paris*, 1821, 2 vol. in-8, br.
portr.

293 Mongez (A.) Histoire de la reine Marguerite de
Valois. *Paris*, 1777, gr. in-8, br.

294 Nécrologe (le) des hommes célèbres de France,
par une Société de gens de lettres. Maëstricht, 1775-
1778, pet. in-8, br. 13 vol.

295 Nouvel abrégé chronologique de l'Histoire de
France. *Paris*, 1744, in-8, v.

296 Nouvel abrégé chronologique de l'Histoire des
Empereurs. *Paris*, 1767, 2 vol. in-12, br.

297 Nouvelle description des Chasteaux et Parcs de
Versailles et de Marly, par Piganiol de la Force.
Paris, 1713, fig. 2 vol. v. in-8.

298 Orléanais (l'). Histoire des ducs et du duché
d'Orléans, par Philipon de la Madeleine. *Paris*,
1845, gr. in-8°, orné de belles vignettes et grav.
sur bois, rel. toile, d. s. t.

299 Quatre relations historiques, par Charles Patin.
Basle, 1673, in-12, fig. bas. ant.

300 Recueil des principales vertus de feu Messire de
S. la Motte Fénélon. *Nancy*, 1725, in-8, cart.
n. rogn.

301 Relation des entrées solemnelles dans la ville de
Lyon, de nos rois, reines, princes, etc. depuis
Charles VI. *Lyon*, 1752, in-4, dem. v.

302 Richard (l'abbé) parallèle du card. de Richelieu, et du card. Mazarin. *Utrecht.* 1716, in-12, v.

303 Relation des Iles Pélew. *Paris,* 1788, in-4, v. jasp. fig. et portr.

304 République des Suisses (la), comprinse en 2 livres, par I. Simler. S. n. de l. 1577, in-12, parch.

305 Rivière de Brinais. Description de la ville de Lyon avec des recherches sur les hommes célèbres qu'elle a produits. *Lyon,* 1741, in-12, dérel.

306 Salluste, trad. par Billecocq. Conjuration de Catilina contre la République romaine. *Paris,* Crapelet, 1795, in-8°, portraits et grav. rel. veau fauve, dent. dor. tranch. dor.

307 Sommaires des Vies des Hommes illustres. *Tours,* 1602, in-32, parch.

308 Tablettes chronologiques de l'Histoire universelle, etc. par Lenglet-Dufresnoy. *La Haye,* 1756, 2 vol. in-8, v. fil. dor.

309 Tablettes historiques et chronologiques, où l'on voit d'un coup d'œil, le lieu, la naissance, etc. *Amsterdam,* 1779, in-18, bas.

310 Tablettes de Thémis, contenant la success. chronologiq. avec le blason des armes des Chanceliers, etc. *Paris,* 1755, in-18, v.

311 Touchard Lafosse. La Loire historique. *Tours,* 1851, 5 vol. chagr. viol. fil. dor. tr. dor. Bel exemp. fig. Comme neuf.

312 Variétés historiq. physiq. etc. *Paris,* 1752, 3 vol. gr. in-12, v.

313 Vie du cardinal d'Amboise, premier ministre de Louis XII, par Legendre. *Rouen,* 1724, in-8, br. 2 vol.

314 Vie de Michel de l'Hôpital, chancelier de France. *Londres* et *Paris,* 1764, in-12, v.

315 Voyage à Venise, par Arsène Houssaye. *Paris,* 1850, gr. in-12, br.

316 Voyage philosophique et pittoresque en Angleterre et en France, fait en 1790, par G. Forster,

trad. par Ch. Pougens. *Paris*, l'an IV, gr. in-8, br. fig.

317 Viardot (L.) Scènes de mœurs arabes. (Maures d'Espag.) *Paris*, 1834, in-8, br.

318 Revue du Lyonnais, anc. série, tomes 25, 26, 27 et 28. Nouvelle série 1 à 13 inclus. 1/2 rel. maroquin bleu, tomes 14 à 19, broché. Cette série va de 1847 à 1859 inclus.

BEAUX-ARTS, ARCHITECTURE, PEINTURE, ETC. ETC.

319 Alphabet (l') de la Mort de Hans Holbein, entouré de bordures du XVIe siècle, etc. *Paris*, 1856, in-8°, rel. percal. fig. en bois.

320 Annales du Musée et de l'Ecole moderne des beaux-arts, par C. P. Landon. Galerie Massias, 72 fig. au trait rep. plus de 80 tableaux, in-8°, br.

321 Antiquita (l') di Roma di Andrea fulvio antiquario romano. *Venetia*, 1588, pet. in-8°, orné de nombreuses fig. sur bois, rep. les monuments de Rome à cette époque, rel. vélin, livre curieux.

322 Artaud (F.) Histoire abrégée de la peinture en Mosaïque, suivie de la description des Mosaïques de Lyon et du midi de la France, etc. *Lyon*, 1835, gr. in-4. gr. marges, cart.

323 Art de décorer et d'orner toute espèce d'appartements, etc. *Paris*, 1830, in-12, br.

324 Bartsch (Adam). Catalogue raisonné de toutes les Estampes qui forment l'œuvre de Rembrandt, et ceux de ses principaux imitateurs. *Vienne*, 1797, in-8, dem. v. 2 vol.

325 Bartsch (Adam). Le Peintre-Graveur. (Série des Holland. et Flamands). *Vienne*, Degen, 1803, in-8, dem. v. 5 vol. rel. en 3.

326 Bizot. Histoire métallique de la République de Hollande. *Paris*, 1687, in-fol. fig. br.

327 Cotin (Ch.) Recueil des Enigmes de ce temps, en trois parties. *Rouen*, 1655, in-16, v. fil. dor. fatig.

328 Curiosités des inventions et découvertes. *Paris*, 1855, in-12, br.

329 Delestre (J.-B.) Etudes des passions appliquées aux beaux-arts. *Paris*, 1845, in-8°, 1/2 mar. fauve.

330 Description de la Galerie royale de Florence, par F. Zacchiroli. *Florence*, 1783, in-12, cart.

331 Description du Parnasse français exécuté en bronze à la gloire de la France et de Louis-le-Grand, déd. au Roi par Titon du Tillet. *Paris*, 1760, in-fol. nomb. fig. taché d'eau.

332 Dictionnaire des artistes, etc. par l'abbé de Fontenai. *Paris*, 1776, gr. in-12, v. 2 vol. Couvert. défect.

333 Dictionnaire portatif de peinture, de sculpture et gravure, par Dom A.-J. Pernety. *Paris*, 1757, in-8, fig. v.

334 Drouilhet de Sigalas (le baron). De l'art en Italie, Dante Alighieri et la Divine comédie. *Paris*, 1853. in-8°, 1/2 mout. mar.

335 Duchesne. Essai sur les Nielles, gravures des orfèvres florentins du XVe siècle. *Paris*, 1826, in-8, br. fig.

336 Eléments de Géométrie, par J.-J. Rousseau. *Paris*, 1801, in-8, br. fig.

337 Emblemata Nicolai Reusneri, partim ethica et physica, partim vero historica et hieroglyphica, etc. *Francofurti*, 1581, gr. in-8°, v. moderne, tr. dor. cisel. nomb. fig. en bois, gr. par Virgilius Solis.

338 Emblemata moralia, et œconomica, de Rerum usu et abusu, etc. *Arnhemi*, 1609, pet. in-4°, cart. 25 fig. grav. par Wiérix.

339 Emblemata D. A. Alciati, denuo ab ipso Autore, etc. *Lugd.* 1551, in-8, v. fig. bois, texte encadré. Manque un feuillet.

340 Emblematisches Lust-Cabinet, livre d'emblèmes, allemand, italien et français. *S. L.* 1700, pet. in-4°, fig. bas.

341 Epitome du Thrésor des Antiquitez, etc. Par J.
de Strada, trad. par Jean Louveau. *Lyon*, J. de
Strada, 1553, in-4°, d. r. fig. grav. par Bernard
Salomon, dit le petit Bernard.

342 Etat (l') des Arts, en Angleterre, par Bouquet.
Paris, 1755, in-8°, cart.

343 Etudes sur l'Histoire des Arts, etc. Par P.-T.
Dechazelle. *Paris*, 1834, gr. in-8, 2 vol. br. Le
premier volume a servi au prote pour les correc-
tions, le titre manque.

344 Frézier. Traité des feux d'artifice, etc. *La Haye*,
1741, in-12, v. fig.

345 Galerie de Florence (la). *Florence*, 1807, in-8°,
broch.

346 Galerie des dames de Byron. Trente-neuf planches (belles épreuves). *Paris*, 1836, in-4°, chagr. r.
gauf. tr. dor. Bel. exempl.

347 Gérard de Lairesse. Le grand livre des peintres,
ou l'art de la peinture considéré dans toutes ses
parties et démontré par principes. *Paris*, 1787,
2 vol. in-4°, ornés de 35 belles grav. 1/2 rel. bas.

348 Galerie impériale de Florence (la), avec notes
manuscrites in margin. *Florence*, 1810, in-8, cart.

349 Heineke. Idée générale d'une collection complète
d'estampes, avec une dissertation sur l'origine de
la gravure et sur les premiers livres d'images. *Leip-
sick*, 1771, fig. in-8, v.

350 Histoire et Description de l'Eglise royale de Brou,
par le P. P. Rousselet. *Paris*, 1767, in-12, cart.

351 Hori Apollinis Niliaci Hieroglyphica, etc. lat. et
grec. Bonn. fig. en bois, in-fol. dérel. Manque le
titre.

352 Idea Principis christiano-politici, symbolis ex-
pressa 101. (Belles épreuves). *Paris*, 1660, in-24,
mar. chagr. noir.

353 Keepsake (the) for 1831. *London*, Fred. Maus.
Reynolds, pet. in-8°, orné de 25 jolies vignettes,
relié tabis rouge, d. s. t.

354 Keepsake de l'Art en Province, orné de grav. angl. *Moulins*, Desrosiers, s. d. in-8°, br. texte encadré.

355 Keepsake américain, orné de plus. grav. angl. *New-York*, 1831, in-12, v. viol. gauf. fil. tr. dor.

356 Labadye, architecte. Notes sur les monuments romains qui subsistent encore dans l'empire français, particulièrement dans les départements méridionaux, 1810, Msst, in-4, cart.

357 Landon. Salon de 1819, 2 vol. in-8°, rel. en 1, ornés de nomb. fig. au trait.

358 Langlès (L.) de l'Institut. Monuments anciens et modernes de l'Indoustan, ouvrage orné de 144 planches et de 3 cartes géographique. *Paris*, 1821, 2 vol. in-fol. brochés.

359 Leclerc (Sébastien). Traité de Géométrie théorique et pratique à l'usage des artistes. *Paris*, 1744, in-8°, orné de nombreuses fig. en taille douce au bas de chaque planche géométrique, rel. veau granit.

360 Lenoir (Alex.) Musée des Monuments français et Histoire des Arts en France. *Paris*, an VI, gr. in-8, br. 2 vol.

361 Lettres à Mme *** sur les peintures, les sculptures et les gravures exposées dans le salon du Louvre en 1763. *Paris*, 1763, pet. in-8, br.

362 Livre de portraiture recueilli des plus excellents peintres (milieu du XVIII° siècle). Recueil obl. de dessins à la sanguine, in-4, cart.

363 Marchant. Mélanges de numismatique et d'histoire. *Paris*, 1818, in-8, fig. br.

364 Martin (J.) Le Paradis terrestre, ou les Emblèmes sacrés de la solitude, in-18, parch. fig. de N. Cochin. Manque le titre.

365 Metzmacher. Portefeuille historique de l'ornement, recueil complet des meilleurs motifs, dessinés et gravés d'après les anciens maîtres. *Paris*, 1843, gr. in-fol. br. exemp. de souscription.

366 Observations sur l'Architecture, par l'abbé Laugier. *La Haye*, 1765, in-12, dem. v.

367 Opera di Giorgio Agricola de l'Arte de Metalli partita in XII libri, in *Basilea*, 1563, in-fol. nombr. fig. en bois, v. Fatigué.

368 Palladio (André). OEuvres complètes, nouvelle édition, traduite et annotée par MM. Chapuy, Correard et Alb. Lenoir, ouvrage orné de 368 planches. *Paris*, 1842, 2 vol. in-fol. br.

369 Paraphrase de l'Astrolabe, suivie de l'Avertissement sur les jugements d'Astrologie. *Lyon*, De Tournes, 1546, in-8, cart. fig.

370 Patin (Ch.) Histoire des médailles, etc. 3e édit. *Paris*, 1695, in-12, parch.

371 Parfait Joaillier (le) ou Histoire des Pierreries, par A. Boëce de Boot, trad. et annoté par André Toll. *Lyon*, 1644, in-8, v. fig.

372 Particules réformées (les), etc. par le P. Pomey. *Lyon*, 1690, in-24, cart.

373 Philosophie des Images énigmatiques (la), par le P. F. Menestrier. *Lyon*, 1694, in-8, cart. n. rogné.

374 Pratique de la géométrie, par Séb. Leclerc. *Paris*, 1682, in-12, fig. bas. Edit. avec les petites fig.

375 Polydori Vergilii Urbinatis, de rerum Inventoribus libri octo. *Basileæ*, 1525, pet. in-fol. parch.

376 Recherches historiques sur l'usage des Cheveux postiches et des Perruques, dans les temps anciens et modernes, trad. de l'allem. de Nicolaï. *Paris*, s. d. gr. in-8, br. fig.

377 Recueil de descriptions de peintures et d'autres ouvrages faits pour le roy (par Félibien). *Paris*, Mabre-Cramoisy, 1689, in-12, veau.

378 Regnault-Delalande. Catalogue raisonné d'objets d'art du cabinet de Silvestre. *Paris*, 1810, in-8, dem. mar. r. avec les prix.

379 Réflexions critiques sur la Poésie et sur la Peinture (par l'abbé Dubos). *Paris*, 1719, 2 vol. in-8°, v.

380 Revue des Beaux-Arts, tribune des artistes de 1850 à 1859 inclus. 10 vol. gr. in-8°. Les 9 premiers 1/2 rel. mar. rouge, le dernier broché avec fig.

381 Rolle (F.) Catalogue raisonné des estampes de la
bibliothèque du Palais des Arts. *Lyon*, 1854,
in-8, br.
382 Symbola div. et hum. Pontificum, Imperatorum,
Regum; ex museo Oct. Strada. *Arnheim*, 1666,
in-24, près de 200 fig. Bonnes épreuves, rel. veau
granit.
383 Stieglitz (C. L.) Plans et dessins tirés de la belle
architecture ou représentation d'édifices exécutés
ou projetés en 115 planches. *Londres*, 1801, 1 vol.
in-fol. 1/2 bas.
384 Tombeaux, d'après les dessins de M. Chenavard,
architecte. *Lyon*, 1851, 1 vol. in-fol. cart. nomb.
fig. (26).
385 Traité élémentaire et pratique du Dessin et de la
Peinture, à l'usage des jeunes artistes, par L. Libert.
Lille, 1811, gr. in-12, br. fig.

TABLEAUX, DESSINS, GRAVURES ET CURIOSITÉS.

387 Allegri (Antonio). La Vierge Marie portée au ciel
par les Anges. Dessin à la sanguine, églomisé et
sous verre. *Girodet, à qui ce dessin a appartenu,
l'attribuait au Corrège, à ce que dit un indice.*
388 Boissieu (J.-J. de) Paysage à la mine de plomb,
fabrique, arbres et personnages, très-joli dessin
signé, églomisé dans un beau cadre sculpté.
389 Gogaert (A. D. Van). Paysage et animaux, dessin
à la plume, très-fin et très-bien exécuté, signé et
daté 1773, monté et églomisé.
390 Boucher (F.) De son école, Vénus couchée sur
des roses, miniature ovale d'un fini et d'une conservation précieux, d'une belle couleur, cadre doré
ancien.
391 Both (Jean). Vue prise sur les bords du Tibre,
paysage animé, très-belle perspective, effet du matin;
nous croyons que les figures et les animaux sont de
son frère André, toile, cadre doré.

392 Bellay, célèbre peintre d'animaux. Son portrait dessiné par lui-même, églomisé et sous verre, cadre doré. Pièce très-remarquable.

393 Casanova (Jean-François). La prise de Belgrade par le prince Eugène de Savoie; tableau historique d'une touche vigoureuse, d'un beau coloris, toile, larg. environ 1 mètre sur 50 c. de haut, cadre doré.

394 Corneille (Michel). Pyrrhus tuant Cassandre auprès du tombeau d'Achille; aquarelle signée et datée, montée et églomisée.

395 Dubuisson (Alexandre), de Lyon. Une chèvre, étude peinte sur toile, larg. 45, haut. 30, cadre doré.

396 Dubuisson (Alexandre). Vue prise aux environs de Crémieux (Isère), temps couvert, animaux et paysage, joli petit tableau, toile, cadre doré.

397 Danloux. Portrait de femme qu'un indice dit être celui de la maîtresse du célèbre conventionnel St-Just, peint sur toile, cadre doré, joli portrait.

398 Dietricy. Ruines et paysage, dessin à la mine de plomb, rehaut à la sépia, signé et daté 1760, monté et églomisé.

399 Dupré, de Lyon. Une très-jolie petite tête dans le genre d'A. Van Ostade. Haut. 10 larg. 7 cadre doré.

400 Dughuet (Gaspard), dit le Guaspre Poussin. Paysage arcadien, berger et animaux en repos au bord d'une rivière, peint sur toile, larg. 97, haut 75, cadre doré, très-joli tableau.

401 Delaroche (attribué à Paul). La vierge donnant le sein à l'enfant Jésus, très-jolie et fine peinture sur bois, haut 12, larg. 10, cadre bois doré sculpté à jour.

402 Ecole lyonnaise. Fleurs du printemps dans un vase, Narcisses, Tulipes, Primevères, etc. etc. peint sur toile et signé A. B. cadre doré.

403 Ecole italienne du xive siècle, maître inconnu. La Vierge Marie, buste de trois quarts, peint sur un fond d'or, panneau, cadre doré, très-bien conservé.

404 Ecole flamande, maître inconnu. L'adoration des bergers, peinture sur bois, effet de nuit, d'une riche

couleur et d'un bon dessin, peint sur bois, cadre sculpté et doré, haut. 53, larg. 36.

405 Franck (Floris). Alexandre rendant visite à Diogène, petit tableau sur bois en haut, cadre sculpté haut. 28, larg. 17.

406 Gesner (Salomon), auteur de la mort d'Abel. Nymphes se baignant dans une grotte, aquarelle signée, fort-jolie pièce, haut. 28, larg. 20, cadre doré.

407 Gelders (Arthur de). Scène de l'histoire ancienne, Sépia, dessin signé et daté 1675, nombreux personnages, monté et églomisé.

408 Guindrand. Vue de la grotte de la Balme, prise de l'intérieur, qui rappelle l'effet produit par le beau tableau de Jos. Vernet, les baigneuses ; bien que non signé, ce tableau est incontestablement de Guindrand et de sa bonne manière ; haut. 32, larg. 24, toile, cadre doré.

409 Guindrand. Vue prise aux environs de Grenoble (Isère), très-joli paysage bien accidenté et animé par de nombreux personnages, tableau très-fin, peint sur bois et signé, larg. 45, haut. 32, cadre doré.

410 Henriquel Dupont. Gouache, portrait de Mme G. S. signé et daté *Vichy* 1842.

411 Hermann Wan Swanwelt. Repos de voyageurs, dans un paysage accidenté, voyageurs et un troupeau, toile, larg. 36, haut. 28, cadre doré.

412 Juliard et Boucher. L'abreuvoir, grand paysage, les fig. sont de Boucher, très-beau tableau, toile.

413 Leclerc (Sébastien). Vues de cascade et fontaines dans un jardin, deux sujets se faisant pendant, peints sur le même carton, haut. de chaque 10, larg. 22.

414 Ledoux (Mlle) élève de Greuze. La petite Julie, étude d'après nature, toile, aussi jolie qu'un des meilleurs tableaux du maître, cadre doré.

415 Lesueur (Eustache). Jésus guérissant la veuve de Naïm, sépia rehaussée au crayon blanc, montée et églomisée

416 La Tremollière. Jésus remettant à St-Pierre les

clefs du paradis, très-belle esquisse sur carton, en hauteur collée sur bois, cadre doré ; un indice apprend que cette ébauche dut être exécutée en grand à l'église des Chartreux de Lyon.

417 Leprince. Camargo dans la Belle au bois dormant, joli tableau très-fin et très-gracieux, cadre doré.

418 Maître inconnu. Avec le monogramme Hte 1831. Vue prise à Baccarah, belle aquarelle dans un cadre sapin du Nord.

419 Neer (Arthur Van der). Paysage avec fabriques et personnages, effet de nuit, très-joli petit tableau peint sur bois, d'une grande finesse et d'une grande vérité, cadre doré.

420 Palmieri (Joseph). Un grand et beau paysage, plume et sépia, monté et églomisé.

421 Philippe de Champaigne. Portrait d'un bourg-mestre, costume du xvii siècle, très-beau portrait, grand. nat. toile, haut. 90, larg. 70.

422 Queverdo, élève de Boucher. Diableries. Deux dessins à l'encre de Chine, datés et signés, se faisant pendants, fort-jolies pièces, montées et églomisées.

423 Rémillieux, de Lyon. Fleurs aux deux crayons, dessin signé, monté sur carton.

424 Rembrandt. Philosophe indiquant une date, dessin à la sanguine, daté et signé d'un des monogrammes du maître, monté, églomisé et encadré, haut. 29, larg. 21.

425 Raphaël Sanzio. Tête de Madone ressemblant à la Vierge au donataire, dessin signé Raffaele d'Urbin, monté et églomisé.

426 Scheffer (Ch.). Vue du hameau de Zeigers. On aperçoit le Rhin dans le lointain, sur toile, cadre doré, joli tableau de chevalet.

427 Stella (Jacques). La fuite en Égypte, effet de soleil couchant, des chérubins environnés d'une nuée semblent vouloir dérober le groupe que conduit un ange aux regards indiscrets, haut. 70, larg. 48, cadre doré.

428 Thierriat (Augustin). Vue prise aux Charpennes

pendant les dévastations produites par l'inondation de 1856, grande aquarelle, d'après nature, signée et montée dans un cadre doré.

429 Subleyras (P.). Assomption de la Vierge, enlevée au ciel par les anges, étonnement des apôtres en trouvant la sépulture vide, aquarelle montée et églomisée, haut. 30, larg. 20, cadre doré.

430 Van der Meulen. Dessin à la mine de plomb, chevaux et cavaliers, signé, monté et églomisé.

431 Wagner. Un joli paysage (gouache), berger faisant l'eau à son troupeau, cadre ancien, style Louis XIII, à pans et à baguettes guillochés.

432 Acte de mariage, donné à St-Nizier de Lyon, le 15 août 1666, et imprimé en taille douce, sur drap de soie, in-fol. en trav. monté sur cart.

433 Album moral, les enfantillages. 12 lithog. de Régnier, d'après Désandré, sujets gracieux rehaussés en couleur dans un cartable.

434 Album composé d'un grand nombre d'estampes et de dessins. in-4°, obl. cart.

435 Album composé de 50 fig. sujets religieux, grav. par Chauveau, bonnes épreuves, gr. in-8°, obl. cart.

436 Album lyonnais ou Recueil de dessins, à la mine de plomb, au lavis, à l'aquarelle et à la plume. Eaux-fortes et lithographies d'artistes et amateurs lyonnais, montées avec soin sur carton demi-teinte avec autogr. au verso des feuilles. Plus de 80 pièces par Allemand, Fonville, Thierriat, Guindrand, Jacquand, St-Jean, Flandrin, etc. etc. Sera divisé.

437 Alphabet grec du 15e siècle, avec 26 encadremens d. s. t. les styles, composés et dessin. par C. Reynard, *Paris*, s. d. in-4°, br.

438 Béranger, illustré. Belle réunion de 28 lithographies de Numa, Reynier et autres, coloriées à la main, format in-f° dans un joli portefeuille.

439 Calques et copies d'estampes rares et de dessins anciens. Un grand nombre de pièces montées sur feuilles in-4° maximo. En portefeuille.

440 1° Calligraphie ancienne, manuscrite et impri-
mée, 25 feuilles doubles; 2° S. de la Belle : Marines,
Pa sages, divers sujets; 3° Six feuilles d'assignats;
4° Musée Rosaz ou histoire métal. de Lyon, sept
feuilles autogr. 5° Maison de Gondy, armes et cos-
tumes, 12 feuilles dans un portefeuille, sous le nom
de Ornements divers. Sera divisé.

441 Cartable contenant 36 magnifiques feuilles grand
in-folio, fleurs lithographiées par Jullien et Toul-
lion, rehaussées d'aquarelle, très-remarquable réunion de motifs pour dessinateurs.

442 Défaite (la) de Maxence, par Constantin, très-grande
estampe en long. grav. d'après Raphaël, par Petr.
Aquilla. Anc. épr. ayant besoin d'une légère répa-
ration.

443 Estampes anciennes dites des Petits-Maîtres, dont
quelques-unes par A. Durer, L. de Leyde, Aldegrever,
Sébald Béham, G. Penck, V. Solis, etc. Environ 260
pièces montées sur 53 feuilles. Sera divisé.

444 Etudes et croquis de paysages à la mine de plomb,
à la plume et au lavis. Un grand nombre de pièces
dans un portefeuille parch. Sera divisé.

445 Hercules (Andr.), cardinal de Fleury, grav. par
S. H. Thomassin, d'après H. Rigaud, grande pièce
en haut. cadre bois sculp. doré et surmonté des
armes et insignes d'un cardinal.

446 Louis XIV. Le quai de Saône, et un ancien plan
de la ville de Lyon, tirage moderne d'anciennes
planches faites par les soins de la société des amis
des arts et qui ne sont pas dans le commerce.

447 Meubles et armures du moyen-âge. 22 pièces.

448 Moyen-Age monumental et archéologique. 38
pièces.

449 Portraits (25) anciens de la famille Fugger, grav. par
les Kilian. Suite incomplète, dans un carton.

450 Portraits (28) lithograph. dessinés d'après nature
en octobre 1833 par le colonel Dubreuil, sous le
titre de : Souvenirs du Portugal.

451 Portefeuille d'environ 60 portraits anciens de
grandeur moyenne dont quelques-uns sont gravés
par P. Pontius, R. Nanteuil, Edelinck, P. Drevet,
B. Picart, etc. Plus : 20 portraits d'anciens clubistes,
dessins au lavis, par un artiste inconnu, sur deux
feuilles. Sera divisé.

452 Portefeuille de 67 estampes, de Keepsake anglais
et autres, montées sur carton, demi-teinte. Plus :
6 petits dessins, lavis (anglais), 11 estampes angl.
pour les romans de B. de St-Pierre, avant la lettre,
grav. au burin, 4 eaux-fortes, de Tony Johannot,
sur chine. Sera divisé.

453 Portefeuille de plusieurs suites de paysages, grav.
par et d'après Bloemaert, Math. Bril, Nieulandt et
Sadeler; plus quelques Pérelle, le tout en anciennes et
bonnes épreuves; 130 pièces. Sera divisé.

454 Portefeuille d'anciens paysages à la mine de plomb,
au lavis et à la plume, dont quelques-uns par Alb.
Flamen, J. Vernet, Topfer, Pillement, Neitz, Huet,
etc. environ 75 pièces. Sera divisé.

455 Portefeuille renfermant un très-grand nombre de
lithographies dont quelques-unes d'après et par
H. Vernet, Charlet, Raffet, Bellangé, etc. Sera
divisé.

456 Portefeuille renfermant 42 portraits, petit in-fol.
gravés au burin par Gunst, les Audran, Drevet, etc,
d'après Adr. Van der Werff. Sera divisé.

457 Portefeuille de plus de 70 vignettes du 18e siècle
d'après les dessins de Ch. Eisen, Cochin, Moreau,
Marillier, etc. montées sur papier teinté. Sera divisé.

458 Portefeuille d'environ 90 portraits de petite dimen-
sion, anciens et modernes, dont quelques-uns grav.
par Edelinck, Ficquet, les Kilian, de Marcenay, etc.
non montés. Sera divisé.

459 Portefeuille de plus de 170 petites estampes
diverses, sur cuivre et sur bois, non montées. Sera
divisé.

460 Portefeuille (grand) contenant environ 120 estampes de toutes dimensions, grav. par G. et B. Audran,

N. Chaperon, S. Gessner et autres ; plus : quelques dessins d'anciens maîtres, dont un d'An. Carrache. Sera divisé.

461 Portefeuille contenant 50 lithographies d'Horace Vernet et de Grévedon, anciennes et belles épreuves, dont on fera des lots.

462 Portefeuille contenant environ 100 lithogr. dessins ou gravures, généralement de maîtres lyonnais, dont on fera des lots.

463 Portefeuille contenant 164 dessins ou peintures de fleurs, fruits, etc. de Gérard Van Spaendonck, dont il sera fait des lots.

464 Portefeuille contenant 120 lithographies, eaux-fortes, etc. d'après Berjon, Thierriat, Duclos et autres artistes lyonnais, dont on fera des lots. Ces pièces ne se trouvent pas dans le commerce.

465 Portefeuille contenant environ 150 pièces, eaux-fortes d'artistes lyonnais, dessins, anciennes gravures allemandes sur bois, dont on fera des lots.

466 83 fig. gravées par Le Roy, pour le Paysan perverti, roman de R. de la Bretonne, in-8°, bonnes épreuves, dans un carton.

467 4 Livraisons formant 24 pièces des tableaux du musée de Lyon, publiées par la société des Amis des Arts, belles épreuves, *ne sont pas dans le commerce*.

468 Recueil de sujets de la fable, petites pièces gravées à l'eau-forte (au nombre de 110) par F. Chauveau et montées sur feuilles, reliées en format petit in-12, cart.

469 Recueil d'un grand nombre de papillons imprimés ou fixés sur papier avec leurs couleurs naturelles; in-4°, obl. cart.

470 Recueil des divers caractères, vignettes et ornements de la fonderie et imprimerie de J. G. Gillé. *Paris*, 1808, 1813. Plus de 130 feuilles in-fol. dans leur portefeuille.

471 Suite (une) de 40 silhouettes de personnages remarquables, des cours d'Allemagne, au siècle dernier, reliée en 1 vol. in-12, cart.

472 Têtes de lettres, timbres, aigles, provenant d'anciens titres de la République et du premier Empire, sur feuilles grand in-8°, dans un portefeuille, mar. v.

473 Types militaires du troupier français, dessinés et lithographiés par Hippolyte Lalaisse, professeur de dessin à l'école impériale polytechnique. Superbe réunion de 36 magnifiques planches coloriées.

474 82 vignettes pour les chansons de Béranger, sur papier de Chine. Une dizaine des mêmes avant la lettre. Une série d'environ 30 pièces *non terminées*, sur papier de Chine. Belles épreuves avec marges.

475 Volière animée, oiseaux, reptiles et insectes, belle réunion de 12 lithographies coloriées, comp. par Bouvier, format in-fol. dans un portefeuille.

476 Deux vases, faïence et porcelaine, garniture de cheminée et un autre faïence de 30 c. de haut environ, peints en bleu.

477 Fontaine faïence, style rocaille, dessin d'après Boucher, à trois compartiments avec cuvette, belle et rare pièce.

478 Garniture de cheminée, deux cornets ronds de 40 de haut, et un vase octogone à panse saillante, en porcelaine du Japon, à dessins bleus. Ensemble trois belles pièces.

479 Une garniture de cheminée, 2 cornets ronds de 25 de haut, et un vase forme calebasse, porcelaine japonaise, dessins bleus, fleurs et personnages.

480 Une autre garniture de cheminée, cornets et sucrier en porcelaine et faïence japonaises, peints en bleu.

481 Écritoire en faïence, complet et en assez bon état, peinture, fleurs naturelles.

482 Un grand plat de Faenza rond, guilloché, daté et signé. P. 1628, avec peinture, diamètre 45.

483 Un autre grand plat faïence, avec peinture en bleu, rep. une chasse au cerf, de 54 de diamètre.

484 Plateau faïence octogone-ovale, et trois vases de même nature lui faisant garniture, peintures bleues.

485 Rape à tabac du XVIIᵉ siècle, ivoire sculpté, intacte.
486 Porte-cigare en ambre dans un écrin.
487 Porte-montre, bronze ciselé et doré, femme posée sur un pied et tenant entre ses mains une couronne, socle en marbre jaune portor.
488 2 planches bois gravés, pièces de l'ancienne imprimerie, rep. les armes de la Sardaigne et le revers d'une médaille romaine, un bouc Jovi Cons. Aug.
489 Pommeau de canne en quartz hyalin facetté et très-pur.
490 Médaillon ovale, bronze doré et ciselé, représentant un trophée d'amour.
491 Camille de Neufville, médaillon bronze, signé Warin.
492 Henri IV à mi-corps, bronze doré, ciselé et découpé.
493 M. Tri.... peintre lyonnais et sa dame, deux médaillons bronze se faisant pendants.
494 Henri IV et Marie de Médicis, médaillons plomb se faisant pendants.
495 Michel-Ange Bonarotus, médaillon plomb, signé Warin.
496 Julius-Romanus, médaillon plomb, signé Warin.
497 Solonis, vera effigies, médaillon plomb doré, signé Warin.
498 Médaillon plomb, signé Warin, grand mod. François Chappuys, lyonnais.
499 Marteau très-façonné, acier poli et gravé, portant un monogramme et la date 1559, avec manche en bois de tuya.
500 Lézard en marbre vert foncé antique, imitant le bronze et servant de presse-papier.
501 Lampe romaine antique en terre, portant au-dessous le nom du fabricant Fortis, en relief. On joindra à ce lot quelques autres vases romains en terre.
502 Homère, buste en terre cuite, de Chinard.
503 Groupe biscuit colorié, sujet gracieux, style Louis XV.

504 Grand bénitier, biscuit blanc, représentant l'ange
gardien, fixé sur un ovale velours noir.
505 Environ 50 empreintes en cire rouge des sceaux
du moyen-âge, qui faisaient partie du cabinet Revoil,
très-bien conservées et très-soignées.
506 Bonbonnière biscuit, ornements, fleurs et fruits
coloriés et dorés, jolie pièce.
507 Boussole octogone, laiton, formant cadran.
508 Ancien triptyque russe, en bronze.
509 Châtelaine bronze doré à cinq porte-mousquetons.

AUTOGRAPHES.

510 Portefeuille contenant environ trois cents auto-
graphes de voyageurs, de savants et hommes
politiques, tels que Guys, auteur du *Voyage de la
Grèce*, Pitou, auteur du *Voyage à Cayenne*, Mollien,
auteur des *Voyages aux sources du Sénégal et de
la Gambie et dans la République de l'Equateur*,
Cailland, auteur du *Voyage à Méroé et au fleuve
Blanc*, de Fleurieu, La Tourette, Vaucher, de
Gasparin, Struve, Delambre, Saint-Amand, Villars,
Cointreaux, Moreau de Jonnes, Riffeult, Binet,
Poisson, L'Huillier, Desgenettes, Dumas, Dupuy,
Prunelle, Ste-Marie, Maine de Biran, de Gerando,
Bureau de Puzy, Manget, Hyde de Neuville, Sauvo,
de Champagny, Mallet, auteur de l'*Histoire des
Suisses*, Bourgelat, Flandrin, Epoin, conventionnel,
auteur de l'*Histoire de Provins*, l'abbé Rozier,
Beuchot, Cauchy, Méchin, de Schonen, Mauguin,
Durand de la Moselle, Comte de Polignac, de
Grammont, Lainé de Ville-l'Évêque, marquis de

Cordoue, de Gourgues, de la Boulaye, Cambon, etc. etc. La plupart de ces autographes sont des lettres et billets adressés à Bernardin de Saint-Pierre, à Brédin, directeur de l'école vétérinaire de Lyon, à M. Aimé-Martin, avec qui M. Chatelain était très-lié, et au président de la chambre des députés, session de 1828 ; ce sont des demandes de congé, des amendements, beaucoup sont annotés par M. Aimé-Martin, qui était, vers cette époque, secrétaire-rédacteur de la Chambre. Il en sera fait des lots à la convenance des amateurs.

AVIS.

On trouve toujours à la librairie de L. Boullieux, un assortiment de livres en tous genres, 15 à 20,000 volumes, quelquefois davantage ; une réunion, quelquefois très-nombreuse, de tableaux de maîtres ; des dessins, des gravures anciennes et modernes, assortiment peut-être unique à Lyon ; on y trouve encore très-souvent des médailles, des antiquités, des curiosités, des meubles anciens, etc. que le libraire achète au comptant ou acquiert par échange ; il se charge des commissions non-seulement pour les ventes qu'il dirige, mais aussi pour celles que font ses confrères, et pour tous les ouvrages qui se publient à Lyon.

Chanoine, impr. à Lyon.